Le perroquet de
M. BAVARD

Le perroquet de M. BAVARD

Roger Hargreaves

hachette
JEUNESSE

Tout autour de la maison de monsieur Silence régnait un profond silence.

De crainte de troubler ce silence, le vent n'osait plus souffler, les feuilles des arbres ne se risquaient même pas à remuer…

Mais voici qu'un locataire s'était installé dans le tronc du chêne qui ornait le jardin de monsieur Silence. Devine lequel ?

– Et roco ! Réveillez-vous ! C'est moi, Coco !

Un perroquet ! voilà qui était le nouveau voisin
de monsieur Silence.

Envolées, les grasses matinées et les siestes tranquilles
que monsieur Silence aimait tant !

Non loin de là vivait monsieur Bavard. Et il parlait, parlait, parlait.

– Vous faites un travail parfait ! répétait-il au laveur de carreaux. Je n'ai jamais vu quelqu'un d'aussi doué que vous ! Laissez-moi vous féliciter !

Du matin au soir, monsieur Bavard parlait de n'importe quoi…

… à n'importe qui !

Le facteur arrivait-il avec le courrier ? Monsieur Bavard commençait à lui parler de la pluie et du beau temps, de ses petits ennuis, de ses projets.

Et bla, et bla, bla, bla, bla !

Rencontrait-il quelqu'un dans la rue ?

Monsieur Bavard se mettait à lui poser mille questions, à faire mille commentaires !

– Oh, bonjour, monsieur Costaud ! Qu'est-ce qu'il y a de beau, dans ce panier ? Ah ! des œufs ! j'adore les œufs, brouillés, frits au bacon, à la coque, en omelette, aux petits lardons. J'aime tellement les œufs que j'en rêve la nuit ! Figurez-vous que…

Et bla, et bla, bla… Un vrai moulin à paroles !

La situation devenait vraiment insupportable : madame Autoritaire organisa une réunion.

– Que tous ceux qui pensent que monsieur Bavard parle trop lèvent la main, ordonna-t-elle.

L'assistance tout entière leva la main, et même les deux mains.

Mais comment empêcher monsieur Bavard de parler ? Tel était le problème.

Et personne n'avait de solution.

Tu as peut-être une solution, toi ! Donne-la vite à madame Autoritaire et à ses amis !

– J'ai peut-être une solution ! dit soudain une toute petite voix timide, dans l'assistance. J'ai un ami qui s'appelle monsieur Silence et qui a horreur du bruit. Je vais donc…

Madame Timide exposa son plan à l'assemblée.

As-tu deviné ce que madame Timide se proposait de faire ?

– Bravo ! pour madame Timide, hip, hip, hip, hourra ! s'écrièrent ses amis, enthousiasmés par son idée.

Madame Timide en rosit de plaisir.

Le lendemain, lorsque monsieur Silence ouvrit sa fenêtre, il s'apprêtait à entendre comme chaque jour les cris de Coco, son bruyant voisin.

Mais un profond silence régnait dans le jardin.

Et pour cause ! Le perroquet n'était plus là !

Monsieur Silence avait enfin retrouvé le calme et la tranquillité.

Quant à monsieur Bavard, il était ravi. Il avait enfin quelqu'un avec qui parler autant qu'il le voulait. Aussi bien en voiture…

… qu'à la maison.

Et il parlait, parlait, parlait…

Et bla, bla, bla !

Et bla, bla, bla, répétait Coco.

Tant et si bien que le perroquet finit par en avoir assez.

Excédé par les discours de son maître, il se précipita sur lui et... vlan ! il le bâillonna avec une couverture.

Ainsi...

… Coco le perroquet cloua bel et bien le bec de monsieur Bavard !

RÉUNIS VITE LA COLLECTION ENTIÈRE

 1 MME AUTORITAIRE

 2 MME TÊTE-EN-L'AIR

 3 MME RANGE-TOUT

 4 MME CATASTROPHE

 5 MME ACROBATE

 6 MME MAGIE

 7 MME PROPRETTE

 8 MME INDÉCISE

 9 MME PETITE

 10 MME TOUT-VA-BIEN

11 MME TINTAMARRE

12 MME TIMIDE

13 MME BOUTE-EN-TRAIN

14 MME CANAILLE

15 MME BEAUTÉ

16 MME SAGE

 17 MME DOUBLE

 18 MME JE-SAIS-TOUT

 19 MME CHANCE

 20 MME PRUDENTE

 21 MME BOULOT

 22 MME GÉNIALE

 23 MME OUI

24 MME POURQUOI

 25 MME COQUETTE

 26 MME CONTRAIRE

 27 MME TÊTUE

 28 MME EN RETARD

 29 MME BAVARDE

 30 MME FOLLETTE

 31 MME BONHEUR

 32 MME VEDETTE

 33 MME VITE-FAIT

 34 MME CASSE-PIEDS

 35 MME DODUE

 36 MME RISETTE

 37 MME CHIPIE

 38 MME FARCEUSE

 39 MME MALCHANCE

 40 MME TERREUR

 41 MME PRINCESSE

DES **MONSIEUR MADAME**

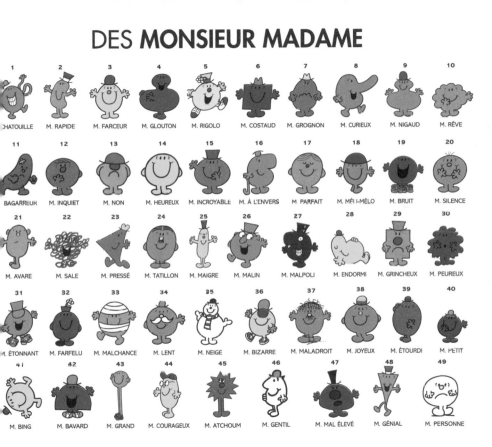

1	2	3	4	5	6	7	8	9	10
CHATOUILLE	M. RAPIDE	M. FARCEUR	M. GLOUTON	M. RIGOLO	M. COSTAUD	M. GROGNON	M. CURIEUX	M. NIGAUD	M. RÊVE
11	12	13	14	15	16	17	18	19	20
BAGARREUR	M. INQUIET	M. NON	M. HEUREUX	M. INCROYABLE	M. À L'ENVERS	M PARFAIT	M. MÉLI-MÉLO	M. BRUIT	M. SILENCE
21	22	23	24	25	26	27	28	29	30
M. AVARE	M. SALE	M. PRESSÉ	M. TATILLON	M. MAIGRE	M. MALIN	M. MALPOLI	M. ENDORMI	M. GRINCHEUX	M. PEUREUX
31	32	33	34	35	36	37	38	39	40
M. ÉTONNANT	M. FARFELU	M. MALCHANCE	M. LENT	M. NEIGE	M. BIZARRE	M. MALADROIT	M. JOYEUX	M. ÉTOURDI	M. PETIT
41	42	43	44	45	46	47	48	49	
M. BING	M. BAVARD	M. GRAND	M. COURAGEUX	M. ATCHOUM	M. GENTIL	M. MAL ÉLEVÉ	M. GÉNIAL	M. PERSONNE	

Adaptation : Josette Gontier
Dépôt légal : mai 2011
Loi n° 49-956 du 16 juillet 1949 sur les publications destinées à la jeunesse.
Imprimé et relié en France par I.M.E.